Le jour de la Saint-Jean-Baptiste

Jessica Morrison

Weigl

Publié par Weigl Educational Publishers Limited
6325 10th Street S.E.
Calgary, Alberta
T2H 2Z9

www.weigl.ca

Bibliothèque et Archives Canada - Données de Catalogage dans les publications disponibles sur demande.
Faxe 403-233-7769 à l'attention du Département des Registres de Publication.

ISBN : 978-1-77071-399-4 (relié)

Imprimé aux États-Unis d'Amérique, à North Mankato, Minnesota
1 2 3 4 5 6 7 8 9 0 15 14 13 12 11

O72011
WEP040711

Rédacteur : Josh Skapin
Conception : Terry Paulhus
Traduction : Tanjah Karvonen

Tous les efforts raisonnablement possibles ont été mis en œuvre pour déterminer la propriété du matériel protégé par les droits d'auteur et obtenir l'autorisation de le reproduire. N'hésitez pas à faire part à l'équipe de rédaction de toute erreur ou omission, ce qui permettra de corriger les futures éditions.

Weigl reconnaît que les Images Getty est leur principal fournisseur de photos pour ce titre.
Alamy : pages 5, 9, 13, 21.

Dans notre travail d'édition nous recevons le soutien financier du gouvernement du Canada par l'entremise du Fonds du livre du Canada.

Table des matières

Qu'est-ce que le jour de la Saint-Jean-Baptiste?

On honore la culture et le patrimoine des Canadiens-français le jour de la Saint-Jean-Baptiste. Les gens de la province de Québec et les francophones du reste du Canada célèbrent ce jour. Il se tient le 24 juin chaque année.

4

Saint Jean Baptiste

Le jour de la Saint-Jean-Baptiste est ainsi nommé pour Saint Jean Baptiste, le prédicateur juif qui a **baptisé** Jésus-Christ. Saint Jean Baptiste a été désigné comme saint patron des Canadiens-français en 1908. Ceci signifie qu'il est le symbole de tous les Canadiens-français.

Les premières célébrations au Canada

Une des premières célébrations de la Saint-Jean-Baptiste au Canada s'est tenue dans les années 1630. Les trappeurs et les commerçants de fourrures chantaient et mangeaient ensemble le long du fleuve Saint-Laurent. Ils allumaient aussi des feux de camp.

Allumer des feux de camp

Les feux de camp sont une tradition du jour de la Saint-Jean-Baptiste. Cette tradition a commencé il y a des milliers d'années. Chaque année, le roi de France allumait un feu de camp en l'honneur de Saint Jean Baptiste. Les colonisateurs français venant d'Europe ont apporté cette tradition avec eux au Canada.

10

Les Canadiens-français et l'unité

Ludger Duvernay était **rédacteur** de journaux. Il voulait que les Canadiens-français célèbrent leur culture. En 1834, le jour de la Saint-Jean-Baptiste, Duvernay organisa une fête pour les Canadiens-français. Il a aussi fondé la Société Saint-Jean-Baptiste. Ce groupe fait la promotion de la culture française en Amérique du Nord.

Un jour férié au Québec

Dans la ville de Québec, la première fête officielle de la Saint-Jean-Baptiste a eu lieu en 1842. En 1925, le jour de la Saint-Jean-Baptiste est devenu un jour férié dans la province de Québec. Il est devenu la fête nationale du Québec en 1977. On appelle aussi ce jour « la Saint-Jean » et la « Fête nationale du Québec ».

Des célébrations spéciales

Au Québec, plusieurs personnes ne vont pas au travail ou à l'école le jour de la Saint-Jean-Baptiste. Parfois, les gens célèbrent ce jour lors de grands événements à l'extérieur. Ces événements peuvent être **des concerts** rock ou jazz et des feux d'artifice. Il y a aussi des tournois de sport qui se tiennent ce jour-là.

En famille

Certaines personnes célèbrent le jour de la Saint-Jean-Baptiste avec leur famille. Elles participent peut-être à des réunions de petits groupes communautaires telles **des ventes de garage**, les pique-niques ou les barbecues. Certaines familles vont à l'église le jour de la Saint-Jean-Baptiste.

La fleur de lis

La fleur de lis est un dessin d'un lis. C'est le symbole du jour de la Saint-Jean-Baptiste et du Québec. Le mot « fleur » est approprié, ainsi que le mot « lis ». Certaines personnes font un dessin d'une fleur de lis sur leur visage le jour de la Saint-Jean.

Les couleurs des Canadiens-français

Le jour de la Saint-Jean-Baptiste, les Canadiens-français portent souvent des vêtements bleus et blancs. Ces couleurs sont les symboles du Québec. Elles apparaissent sur le drapeau du Québec.

Glossaire

baptisé	des concerts
un rédacteur	des ventes de garage

Index